AF100888

ルーカス・ジャーナリング・メソッド

ジャーナリングを通して前進するためのガイド

Translated from the English version of

The Lucas Journaling Method

Samantha Gail B. Lucas

Ukiyoto Publishing

全世界での出版権はすべて

浮世絵出版

2023 年発行

コンテンツ著作権 © Samantha Gail B. Lucas

ISBN 9789359209548

無断転載を禁じます。

本書のいかなる部分も、出版社の事前の許可なく、電子的、機械的、複写、記録、その他いかなる手段によっても、複製、送信、検索システムへの保存を禁じます。

著作者人格権は主張されている。

本書は、出版社の事前の承諾なしに、本書が出版されている形態以外の装丁や表紙で、取引その他の方法で貸与、転売、貸出し、その他の流通を行わないことを条件として販売される。

謝辞

私の教育に投資し、夢を追うよう励ましてくれた母シェリルと亡き父マリオに感謝したい。

いつも応援してくれるパートナーのミゲル・ロペスにも感謝したい。

また、私と私の本を応援してくれたすべての人に感謝したい。この本も買ってくれてありがとう！あなたの親切が 10 倍になって返ってくることを願っている。

内容

はじめに

僕　個人的な問題を解決するためにこの本を書いた。私はすでに何年も日記を書き続けており、この習慣が本を書くのに役立っている。また、日記を書くことで個人的な問題に対処する方法も学んだ。ある日、私は日記を書くセッションの中で、自分の勝利、問題、そしてポジティブにもネガティブにもなりうる出来事を書き留める練習を単純化するアナログ・システムを開発できることに気づいた。これは私にとって興味深く、数日間考え続けた。

話を続ける前に、自己紹介をさせてほしい。私の名前はサマンサ・ルーカス。私はフィリピンのケソン市在住の出版作家です。私のバックグラウンドは金融と文筆業だが、リベラルアーツの大学の出身だ。大学では、文学や歴史、哲学などの他の科目についても学びたかったので、人文科学に集中しました。また、文章を書くことはとても好きだったし、常に最高の本や芸術に触れることで上達できるスキルだと感じていた。実りあるキャリアのために準備してくれた自分の経歴に感謝している。最初は銀行と金融から始めて、その後、フルタイムのライター業に移った。パンデミックの間、私は文章を書く機会を模索し、これは後に日記を書くことで改善された。

あるウェビナーでジャーナリングに出会い、毎日の習慣として実践することで身についた。結局、私は最初の本『*スピーク・ブログ・ライブ*』の原稿を日記に書いた。そして、2021 年 10 月に出版した。現在、私は 13 冊の本を出版し、出版作家としてのキャリアを順調に積んでいる。

世界中で売られる本を作るために、自分の文章力を生かせる機会に感謝している。自助努力や境界線の確立といったトピックをすでに取り上げてきたが、私が開発したジャーナリングシステムを共有する時が来たようだ。そして個人的には、これが他の人たちの人生や自分自身の挑戦のナビゲートに役立つことも知っている。数日間、計画を練り、概要を説明した後、私は*ルーカス・ジャーナリング・メソッド*と名付けた独自のジャーナリング・メソッドを書くことに決めた。

この方法では、勝ち、挫折、プラスとマイナスの両方の出来事を矢印で表現する。しかし、私の矢印の使い方は数学的な意味ではないことを明確にしておきたい。むしろ、より多くの人が日記にアクセスしやすく、わかりやすくするために矢印を使ったのだ。この方法をみんなと共有できることをうれしく思っている。なぜなら、日記を書くときの言葉の煩わしさをなくし、矢印のシンプルさゆえに習慣化しやすくなるからだ。最後に、この方法を使うのは楽しかった。何かが楽しくて魅力的であれば、日常生活の中でそれを実践することが容易になることを知っているからだ。

ルーカス・ジャーナリング・メソッド（LJ メソッド）が、より多くの人が自分の考えを解決し、人生を向上させる助けになることを願っている。それは私の人生を変えた。それが他の人たちの人生をも向上させる可能性があることも知っている。LJMethod がジャーナリングを合理化し、より多くの人々が前進できるようになることが私の望みです。

ビジュアル・バランス術

僕 日記を書くのに一番抵抗があるのは、白紙のページだと思う。虚無を見つめるのは、特に何について書けばいいのかわからないときには、気が重くなるものだ。白紙のページは、ルーカス・ジャーナリング・メソッドの核となる原則であるビジュアル・バランス術を編み出すきっかけとなった。自分の気持ちを矢印で表せば、白紙ページへの恐怖を簡単に克服できると思う。そうすれば、ジャーナリングは容易な努力となるだろう。

私がバランスを取るという言葉を使うのは、日記に秩序が感じられれば、自分の感情に重荷を感じなくなると信じているからだ。このシステムは私にとって効果的だった。まず、矢から始めなければならない。前進の矢印→あなたの勝利、幸せな考え、喜びを表す。後ろ向きの矢印←は、あなたの損失、悲しい思い、心配事を表す。二重矢印↔は、ポジティブにもネガティブにもなりうる思考や感情を表す。これらの矢印の後には、その感情や感覚についての説明が続く。例えば、私はこう書いた：

→ 今日は原稿の 1 章を書くことができた。また本を書くのは爽快だった。自分の考えを整理

し、本を作ることがこんなに楽しいものだということを忘れていた。

← 今朝は運動する気になれなかったので、有酸素運動は昼食後にした。

↔ ワークアウトは疲れた。また、今日はキックボクシングをやったので充実していた。自由を感じさせてくれた。

私の例でお気づきのように、私は自分の感情について長々とした説明を書いていない。特に日記を書き始めたばかりの頃は、それでいいのだ。重要なのは、ジャーナルを習慣化することだ。習慣は、自分の行動の価値を認めて初めて定着する。この練習から何かを得ることができれば、あなたの行動は価値あるものになるだろう。日記を書くことで気分が晴れれば、毎日書く習慣ができ、それが楽しくてたまらなくなるはずだ。

このシステムをビジュアル・バランシングと呼んだのは、後ろ向きの矢印には必ず前向きの矢印をつけたいからだ。もちろん、常にそれが可能なわけではないことは承知している。しかし、私たちは常に、ページをより良くするための小さな勝利を考えることができる。また、二重の矢印は、疲れるかもしれないが、最終的には充実していた出来事を表していると考えることもできる。大切なのは、私たちの日々はネガティブなことだけではないと知ることだ。私たちはこの人生で、まだたくさんのポジティブな経験をしている。

あなたの目的は、毎日日記を書く習慣をつけることであることを忘れないでください。視覚的なバランス調整から始めよう。自分の経験や考えを書き出し、矢印で表す。自分の道を進みながら、さらに考えを書く。最も重要なのは、ただ書くということだ。やがて、白紙のページがそれほど威圧的なものでないことに気づくだろう。

白紙のページは、ビジュアルバランスの技術であなたの友人になることができる。

フォワード・アロー

「視覚的なバランスについてのアイデアがわかったところで、前矢印が何を意味するか説明しましょう。ルーカス・ジャーナリング・メソッド、または LJ メソッドでは、前矢印 → はポジティブ、幸せ、または喜ばしい何かの視覚的な手がかりです。それについて書くことが楽しみになり、前進している感覚を与えてくれます。私のジャーナルにおける前矢印エントリーのいくつかの例を以下に示します：」

→ 今朝、*書いた本のコピーを受け取ることができた。電子書籍が大流行している今日でも、自分が手掛けたものの物理的なコピーを手にすることには、何か不思議な魅力がある。*

→ *今日、オンラインコースを修了しました。出版作家としての仕事とは関係ないが、私は新しいスキルを学ぶことに価値を見出している。*

→ *今日はいつもより早く起きた。そのおかげで、みんながまだ寝ている朝一番に書くことができた。*

ご覧のように、私の前進矢印のエントリーはとてもシンプルでわかりやすい。私は、小さな勝利を積み重ねることで価値が高まると信じている。小さな勝利の力を過小評価してはならない。目まぐるしく変化する現代社会では、幸せで満たされるような物事や出来事を持ち続ける方がいい。前進の矢印で表現するほど、視覚的にアピールできるものはない。正しい方向への動きを喚起する。たとえ前進の矢印が後退の矢印より多い日があったとしても、前進し続けなければならないのだ。

幸せの矢印を使おうと思ったのは、気分がいいと常に動いているからだ。私はワークアウトを楽しんでいるので、エネルギッシュでその日一日を乗り切る準備ができているときは特にそうだ。日記に前進の矢印の横に勝ち星を書きながら、目標を達成するために費やしたエネルギーを思い出す。私は、後ろ向きの矢印を一日を向上させるチャンスととらえ、一日を好転させたことを思い出す。ビジュアルバランシングは、自分の気持ちや感情を、自分がどうするかによって方向を変えることができる矢印だと考えることを教えてくれた。

前方の矢の素晴らしさは、前方思考を育むことだ。あなたが惨めなままでいるのは、自分の方向性を変え、それを日記に視覚的に表現する傾向があるからではない。一日をどう過ごすか、自分には選択肢があることを自覚している。そして、一日をコントロールできないときでも、自分がどう反応し、最後にどんな方向に進むかはコントロールできることを知っている。

自分の勝利を前進の矢印で表現することに慣れれば、たとえ円陣に足を引っ張られようとも、前進し続けることは問題ないことを学ぶだろう。そのとき、自分の前進に役立たないからこそ、取り残されるべき人々がいることに気づくだろう。前へ前へと進み続け、人生の目標を達成するのだから。あなたは、途中で後ろ向きの矢があっても、人生に勝利する前向きの矢になることができる。それらは単に、好転させることができる課題なのだ。

方向転換が可能なのは、時間と考え方に関して、この世界で常に前進しているからだ。

後方への矢

「生活が完璧ではないことはわかっています。例えば、私は多くの損失を経験してきました。これらの損失は私の生活に大きな影響を与え、私の人生に影響を与えました。しかし、これらの出来事が私を脱線させたり壊れさせたりすることはありませんでした。代わりに、それらを視覚的に表現し、それらを識別し、詳細に説明する方法を考案しました。私は損失や悲しい出来事を後退矢印で表現することを選びました。」

ルーカス・ジャーナリング・メソッド（LJ メソッド）では、悲しみ、喪失感、痛み、落ち込んだとき、後ろ向きの矢印が、あなたの感情の方向性を示している。また、挫折や困難を表すこともある。重いと感じるものは何でも、後ろ向きの矢印で表すことができる。例えば、この記号を使った私の日記をいくつか紹介しよう：

← 今日、SNS で荒らされました。私はその人を無視することにした。私はもっとよく知るべきだった。

← 参加したかった会議に参加できなかった。これは単なるイベントであり、今後も自分が受け入れられるイベントがあるだろう、と自分に言い聞かせた。

← かつての友人が私の投稿に意地悪なコメントを残した。私は関わり合いになることを拒否し、代わりに彼女のコメントを削除することにした。彼女も永久にブロックした。

私の日記の書き方に注目していただければ、私が解決策を重視する人間であることがおわかりいただけるだろう。私のアプローチは、常に問題を解決する方法を見つけることだ。単純かもしれないが、私の人生ではずっとうまくいっている。出版作家となった今、私は、見知らぬ人からも知り合いからも、人々から不愉快なコメントを受ける側にいる。以前は、このような意地悪なコメントに出くわすたびに傷つき、気分を害していた。私は彼らと関わる代わりに、彼らのコメントを削除して一日を過ごすことにしている。もし、そのコメントが私の知り合いからのものであれば、私はその人たちをブロックした。私はすべての人を喜ばせることはできないし、自分の価値観、原則、真実、仕事を信じている。私につまずき、転ぶことだけを望む人たちは、私の人生に入り込む余地はない。彼らの言葉は単に私を通さない発言であり、それを象徴する後ろ向きの矢印のように、私から離れていくだけだからだ。

この後ろ向きと前向きの矢印を視覚的にバランスさせる鍵は、人生におけるネガティブな出来事の中からポジティブなものを見つけることである。例えば、私は前進の矢印を書いた後、後進の矢印の解決策を説明した後に、ふと思いついた嬉しいことを説明することが多い。後ろ向き矢印の入力は、何日も、何週間も、何カ月も繰り返すことができることも知った。例えば、私は過去にある問題を繰り返していたが、最終的には解決した。私はこの問題について、何年も後ろ向きの矢印の横に書いてきた。それを克服できた後、過去のエントリーを通して、私はいつも前進矢印のエントリーで解いていたことに気づいた。だからこそ私は、矢印による視覚的なバランス調整は、単にジャーナリング技術を合理化する以上のものだと信じている。それはまた、より良い、より楽な人生につながる問題解決でもある。

LJMethod が、一時的な挫折を表す後ろ向きの矢印を通して、あなたの視点を変える助けになることを願っています。

二本の矢

「人生において、幸せでありながら悲しい瞬間には、誠実さと謙遜さがあります。私は以前のパートナーとの別れの際に、このような瞬間を経験しました。彼は私のキャリアを支持してくれなかったため、私はその関係から尊厳を保ちながら前に進むことができました。その別れから得た教訓が他の人にも役立つ可能性があることに気付き、私は 2022 年に『Breaking Up Forward』という本を執筆しました。この本は、その心の痛みを通じての私のジャーナリングセッションによって実現しました。それは二重矢印で表現されました。」

ルーカス・ジャーナリング・メソッド（LJ メソッド）の文脈における二重矢印↔は、良いことも悪いことも、嬉しいことも悲しいこともあった出来事、事件、節目、出来事を表している。私の例、つまり後に私の本の題材となった別れの話に戻ると、私は別れを二重矢印で処理することができた。当時の日記の一部を紹介しよう：

↔ 前のパートナーからやっと解放されました。いい思い出が一緒にあっただけに悲しい。しかし、彼は私のキャリアに協力的ではなかったので、私も前に進みたいと思っている。

↔ 失恋したけれど、また一緒に楽しめると思うとわくわくする。

↔ 毎日「おはようございます」と挨拶できないのが寂しい。しかし、いつも私を小さくしてしまう人に挨拶しなくてよくなったことも嬉しい。

↔ 毎日彼と話せなくて寂しい。でも、本を書く時間が増えたこともうれしい。

ご覧のように、私は二重の矢印で交際の結末を断ち切ることができた。彼と一緒にいたときは後ろ向きに進んでいたけれど、もう彼とはいないのだから、私はまだ前に進めるのだと気づかせてくれた。この二重の矢は、毎朝私に選択肢を与えてくれた。自己憐憫に浸るのか、それとも自分を癒して再び書くチャンスを与えるのか。私は後者を選んだ。私は前に進み、自分のことに集中し、本に取り組み、また外出し始めた。やがて今のパートナーと出会った。彼は私の仕事をサポートし、夢を追求する自由を与えてくれる。

二重の矢が、後方の矢から前方の矢へと私をつないでくれたと言える。ジャーナルを書くことで自分の道を見つけることができたからだ。ビジュアルバランスシステムのおかげで、私は失恋から立ち直り、自分自身に取り組み、より良い人間になることができた。また、私が望んでいたパートナーになったのは、それが私にとって適切なタイミングだったという合図でもあった。

あなたにも、人生の二重の矢に意味を見いだすことで、困難やチャンスを乗り越える道を見つけてほしい。私の LJ メソッドを使えば、自分自身を癒し、ほぐし、前進させることができる。やってみて損はない。ジャーナリングは、私が痛みから癒されるのを助けてくれた！

矢のバランスの取り方

「今までに、ルーカス・ジャーナリング・メソッド、または LJ メソッドがどのように機能するかを既にご存知かと思います。これは、感情を処理するために自分の思考を記録するプロセスを合理化するために設計した、シンプルで明確なジャーナリングの形式です。視覚的なバランシングの芸術の中核的な要素として矢印を使用し、それが LJ メソッドの中核原則です。矢印を使用することで、感情がどの方向に向かっているかがすぐにわかるため、空白のページに関連する恐れの要素を取り除きました。今度は、非常に不均衡な世界での主要な懸念である、矢印のバランスをとる方法についてお話しします。」

矢のバランスを取るためには、ここでは視覚化という観点から話していることに注意することが重要だ。ジャーナリングは非常に視覚的な芸術であるため、記号を通して自分の問題を解決する方法を工夫することが重要である。この場合は矢印を使う。前方の矢印→は嬉しい気持ちを表し、後方の矢印←は悲しい気持ちや怒りの気持ちを表す。二重矢印↔は、ポジティブにもネガティブにもなりうる感情を表す。それらをまとめて日記に書けば、その日一日がどのような一日であったかを知ることができる。また、自分の気持ちの流れや、矢印の横につけた説明の中で適用した解決策、矢印を通して自分の人生の方向性を示すこともできる。

バランスを取ることで、特に重い後方の矢の後に前方の矢を置くことができる。後ろ向きの矢印が繰り返される場合は、解決策を塊に分解することができる。例えば、この後ろ向きの矢印を、それが解けるまで毎日日記に書いてもいい。その後ろ向きの矢印とそれに対応する説明の後に、前向きの矢印を置くことで、解決策のどの段階にいるのか、また、自分の進歩についてどう感じているのかを表すことができる。また、その後に二重矢印を置くことで、問題はまだあなたの人生に存在しながらも、徐々に解決に向かっていることへの安堵を表すことができる。完璧なバランスではないかもしれないが、少なくとも前進するために必要なステップを踏んでいる。この前進の方向性は、人生における解決策に基づいた行動という文字通りの意味でも、視覚的なバランスシステムという意味でもとらえることができる。

自分の矢のバランスをとる鍵は、問題や否定的な感情、感情に対する解決策を持つことだということを忘れないでほしい。すべてに解決策があるわけではないかもしれないが、必ず次のステップがあると信じている。問題に直面したときにとるべき手段を考えてみる。現在何も起こっていない場合は、とりあえず二重矢印で表す。もしかしたら明日は、前進の矢印で表せるような解決策を見つけることができるかもしれない。

前進の矢と後退の矢の理想的なバランスはないかもしれないが、解決策と進歩を得るためには、常に自分が進む方向について考える必要がある。今日、ジャーナリングを通して自分のバランスを見つけよう！

戦いの選び方

「ルーカス・ジャーナリング・メソッド、または LJ メソッドの重要な要素の一つは、戦うことを選ぶことです。おそらく、これが書くことと何の関係があるのか疑問に思われるかもしれませんが、お伝えできるのは、これが書くことと何もかも関係があるということです。戦うことを選ぶことには感情、判断、前進が関わっています。前の章で議論したように、矢印を通じて視覚的なバランシングを実現することが目標です。そして、今では前進が前矢印 → で象徴されていることを知っています。これが、戦うことを選ぶスキルが LJ メソッドによって向上し、場合によってはあなたの命を救うことさえできる理由です。」

個人的な例を挙げよう。数年前、私は親しい友人たちとの間につらい溝ができた。そのうちの一人は、私が犯してもいないことで私を非難した。友人たちが皆、互いに味方し合い、長年の友情にもかかわらず、私がとても悪いことをする可能性があると感じていることが悲しかった。心の中では自分が正しいとわかっていたが、保身に走り、自分の潔白を証明することがストレスや不安を招くこともわかっていた。だから、私の不満をすべて彼らに向ける代わりに、私はただ立ち去った。なぜですか？なぜなら、私は自分の心の平穏と精神的な健康のほうを大切にしたからだ。私は彼らに対して何もしていない。

あの事件から数年が経ち、今となっては、私が彼らの告発とは無関係であることはすでに明らかだ。それ以来、彼らと話すことはなかったし、彼らが私に連絡を取ろうとすることもなかった。私は、私たちの人生から何人かの人物を排除すべきだと悟った。また、時間が私たちを前進させ、癒す手助けをしてくれる。そしてもちろん、戦う相手を選ぶことで、自分の尊厳と心の平穏を保つことができることも学んだ。

私は日記を書くことで、これらの考えや感情を処理した。ビジュアルバランスの技術を応用して、私は裏切りを後ろ向きの矢印←で表現した。これはほぼ1年間、私の日記に繰り返し書かれていたことだ。親しい友人たちに裏切られたと感じ、苦しかった。ただ、毎回、前進矢印→エントリーも書くようにした。それは自己啓発本を読むことだったり、長い一日の終わりにアイスクリームを買うことだったり、怒りを克服するために体を鍛えることだったりする。最後に、友人を失うことを二重矢印↔で表現した。友人を失ったのは痛かったが、悪い人たちを遠ざけることができてほっとした。この日記は数カ月間、この事件に対する悲しみを乗り越えられるまで書き続けた。

今は前に進むことに集中し、日記にもっと前向きの矢印を書いている。実際、あの不運な出来事から立ち直ることができたのは、新しい友人やすべての趣味のおかげであり、最近の私はさらに幸せである。

戦いを選択することで、無益な状況に陥らずに済む。そのエネルギーを他の問題の解決に使うこともできるだろう。自分のことを本当に心配してくれる人たちと一緒にいることができる。無価値な戦いにはまるより、自分に集中できる。LJMethod は、あなたがこれらの考えを処理し、前進するのを助けることができることを心に留めておいてください。あなたがすべきことは、よく見極め、時が傷を癒してくれることだ。

あなたには、本当の自分である前進の矢になる能力がある。自分を信じることを止めないこと！

他人の目を気にしない方法

「ルーカス・ジャーナリング・メソッド、または LJ メソッドの大きな要素の一つは、戦うことを選ぶことです。おそらく、これが書くことと何の関係があるのか疑問に思われるかもしれませんが、お伝えできるのは、これが書くことと密接に関連しているということです。戦うことを選ぶことは、感情、洞察力、そして前進を含むものです。前の章で議論したように、私たちの目標は矢印を通じて視覚的なバランシングを達成することです。そして、今では前進は前向きな矢印 → で象徴されていることを知っています。これが、戦うことを選ぶスキルが LJ メソッドによって向上し、場合によってはあなたの命を救うことさえできる理由です。」

この世界にはすでに多くの複雑さや不確実性がある。日記は、自分にとって近づきやすく、正直でいられるものにする。他人の目を気にしない。

あなたの決断は、あなた自身の選択に基づいている。自分の意見を言われたら、それは単なる意見だということを忘れないでほしい。それらは必ずしも事実ではない。自分の真実を語る事実を選び、それを持ち続ける。自分の真実を生きる。自分の信じるもののために戦う。自分自身に忠実であれ。他人の評価を気にするのはやめよう。

エントリーの書き方は他人の意見とは関係ない。自分の考えを矢印で表すことは、他人の無神経さとは何の関係もない。彼らはあなたを傷つけ、引きずりおろすためにそういうことを言う。そして、その矢印は、あなたに対して何も良いことを言わない人たちからあなたを遠ざけるものだと知っておいてください。

あなたの前進の矢印は、あなたの前向きな思考と夢に向かって進む方向を象徴していることを忘れないでください。自分の夢について他人がどう思うか、どう言うかを気にするのはやめよう。これはあなたの夢だ。これはあなたの人生だ。自分たちのことは自分たちでやるべきだ。

日記を書くことはセラピーになるはずだ。誰かがあなたを裁くために、あなたの上に覆いかぶさっていると考えるのはやめるべきだ。誰もあなたを批判していない。人の評価を気にするのはやめよう。

自分のエントリーに後ろ向きの矢印←が多いようだったら、前向きの矢印→を書いてみよう。そして、あなたの後ろ向きの矢印←のいくつかが、結局本当に二重矢印↔なのかどうかを見直すことができるかもしれない。

あなたの日誌、あなたのルール、あなたの矢→←↔は、あなたの戦い、目標、勝利、そして祝賀である。他人の目を気にするのではなく、自分の夢を実現するために努力すべきだ。彼らの期待には根拠がない。

私はルーカス・ジャーナリング・メソッド（LJメソッド）を作り、あなたの日記を安全なスペースにした。自分の人生について書くために、他人の期待に応えなければならないと考えてはいけない。あなた自身の物語が、あなたの人生をユニークで面白く、楽しいものにしてくれる。あなたの挑戦は、あなた自身のチャンスなのだ。あなたの勝利は、あなたのハードワークとスキルの証明だ。日記を書いているという事実だけで、すでに自分を向上させ、人生をより良いものにしようと努力している証なのだ。それは決して彼らのためではなく、常に自分のためだった。

あなたの人生、あなたのルール。あなたの矢印→←↔、あなたの方向。とにかく書き続けることだ。

二本の矢とどう付き合うか

「ルーカス・ジャーナリング・メソッド、または LJ メソッドにおける二重矢印は、肯定的でありながら否定的な出来事、感情、そして気持ちを表すものです。例えば、以下は私のいくつかの二重矢印 ↔ エントリーの一部です：」

↔ *亡き父のことを思い出した。 悲しみは奇妙な瞬間にやってくる。彼が好きだった曲がラジオから流れていたとき、私はただ彼のことを思い出した。でも、彼がもう苦しんでなくてよかった。*

↔ *今日のトレーニングは、いつものセットより長かったので、チャレンジングだった。でも、セッションの後はずっと気分がよく、世界を征服する準備ができたと感じた！*

↔ *今日、近所の新しいカフェで濃いコーヒーを飲んだ。動悸がしたけれどね。代わりにアイスコーヒーを注文しようかな。*

最初のサンプル・エントリーでは、悲しみが、亡き父が癌でなくなったことを悲しむと同時に喜んでいることを伝えた。私の 2 つ目の例は、タフなワークアウトで疲れを感じつつも、その日 1 日を乗り切る準備ができたことを示している。一方、3 つ目の例は、私の生活でよくあることだ。濃いコーヒーは私を幸せにしてくれるが、同時に動悸を起こさせる。この二重の矢はプラスにもマイナスにもなり、私の人生をより面白くしてくれていると感じている。例えば、あの濃いコーヒーのせいで気分が悪くなったが、この章を書くのに十分なほど起きていられた。あのトレーニングは疲れたかもしれないが、私を強くしてくれた。最後に、悲しみはふとした瞬間に現れるもので、亡くなった愛する人がすでに良い場所にいることを思い出させてくれる。

この二重矢印は、LJ メソッドが目指す「視覚的なバランス」を実際に実現している。しかし、生き甲斐を与えてくれる前進の矢はあったほうがいい。結局のところ、幸福は人生の最終目標なのだ。

人生の瞬間は一時的で儚いものだと自分に言い聞かせることで、私は二重の矢のバランスを取っている。これからも嬉しいことも悲しいこともあるだろうし、それでいいんだ。退屈な人生とは、単調さから成り立っている。私は、自分が最高の人生を送っていると感じられるようなバランスを得ることに関心があり、それを周りの人々に伝えることができる。そして、最高の人生を生きるということは、他人の期待に応えるためではなく、自分がどうあるべきかという意図に従って生きるべきだということを思い出させてくれる。

自分のエントリーのうち、どれが二重矢印なのか、そしてそれがどのように自分の人生をより興味深いものにしているのか、時間をかけて評価してみよう。人生の一部である前進と後退の矢印とバランスを取る。結局のところ、ビジュアルバランスとは、あなたが自分の経験とどのように関わり、それがあなたにどのような影響を与えるかを見ることなのだ。自分の人生の主導権は自分にあることを忘れないでほしい。これはあくまでもあなたの旅だ。LJ メソッドは、瞬間のバランスを視覚的に理解させるためのツールなのだ。

有害な人間を排除する方法

「ルーカス・ジャーナリング・メソッド、または LJ メソッドの大きな要素の一つは、戦うことを選ぶことです。おそらく、これが書くことと何の関係があるのか疑問に思われるかもしれませんが、お伝えできるのは、これが書くことと密接に関連しているということです。戦うことを選ぶことは、感情、洞察力、そして前進を含むものです。前の章で議論したように、私たちの目標は矢印を通じて視覚的なバランシングを達成することです。そして、今では前進は前向きな矢印 → で象徴されていることを知っています。これが、戦うことを選ぶスキルが LJ メソッドによって向上し、場合によってはあなたの命を救うことさえできる理由です。」

困難で残酷な人々を手放すことに集中できるシステムが必要だった。私はルーカス・ジャーナリング・メソッド（LJ メソッド）を使って、その人たちが私にどんな仕打ちをしてきたか、なぜその人たちが私の人生から消えるべきなのかを思い出した。後ろ向きの矢印←の横に、相手の有害な特徴や反省点を書き出し、前向きの矢印→の横に、自分を選ぶ理由を書き出した。

そして、二重矢印↔の横に、手放すことが必須であると書いた。自分の人生から人がいなくなるのは悲しいことだが、その人なしで自分が成長するのを見るのは嬉しいことでもあるからだ。そうすることで、彼らがいなくても自分はやっていけるし、またやり直すことができるんだと思えるようになるんだ。

毒のある人は、あなたが失敗するのを見る以外の意図はない。彼らはあなたの幸せや成功を願ってはいない。彼らはあなたがすべてを失うのを見て喜ぶだろうし、あなたの努力の価値を理解できない。それを手放すことが、長期的な成功につながる。コンテンツを作る時間が増えるだけでなく、彼らの余計な指摘を聞かずに自分の仕事に集中できる。また、あなたの人生の一部となりうる、より良い人々との出会いもあるだろう。背中を押してくれない人たちと一緒にいる必要はない。

ジャーナリングは、有害な人たちを排除するためのツールにすぎないことを忘れないでほしい。彼らを手放し、彼らなしで生き続けるかどうかは、やはりあなた次第なのだ。相手を喜ばせ、理解する義務があると考えるのはやめよう。その必要はない。そうではなく、自分自身と自分の仕事に集中する必要がある。今すぐ彼らを解放し、威厳を保ったまま立ち去りなさい。

矢印に従って進み、意地悪をした人たちから遠ざかる。彼らは意地悪なままだが、あなたは彼らと一緒にいる必要はない。常に自分を選び、進み続ける。

自分を選ぶ方法

僕ルーカス・ジャーナリング・メソッド（LJメソッド）は、もっと簡単に日記を書いたり、自分を表現したりする方法が欲しかったからだ。私にとってジャーナリングは、自分自身を最優先するという選択の現れだ。しかし、自分を選ぶのは必ずしも簡単ではなかった。以前は自分を優先するたびに罪悪感を感じていた。しかし、年月が経ち、年を重ねるにつれ、自分を選ぶことは自己愛の行為だと気づいた。それ以来、私は常に自分の幸福を優先してきた。そしてもちろん、自分の進歩を記録し、長い一日の疲れを癒すために日記をつけるようにした。

私は自分の進歩を追跡したかったので、自分の気持ちの進歩が一目でわかる LJMethod を開発した。前方矢印→、後方矢印←、二重矢印↔は、私の思考、感情、感情に関する視覚的な合図となった。LJ メソッドを確立する前は、白紙のページを埋める必要があるように思えたので、ジャーナリングが面倒だと感じることもあった。なぜなら、3 つの矢印とそれに対応する項目を書くだけでも、すでにその日の日記を書いたことになるからだ。

私にとって重要なのは、私の日記の書き方がつらい時期を乗り越える助けになったということだ。後ろ向きの矢印←は一時的なものに過ぎないとわかっていたので、私は前向きの矢印→となる解決策を見つける努力をした。私は、自分自身を改善し、問題の解決策を見つけ、正しい姿勢を持つことを決断することによって、これを成し遂げたのだ。自分の考えが矢印で示されているのを見ると、ネガティブなことばかりにとらわれるのではなく、解決策を見つけようという気になった。前に進もうと自分を奮い立たせて本当によかった。

ビジュアルバランシングは、仕訳項目の長さについてではない。それは、日記を書くため、そして自分の気持ちを分かち合うために現れることだ。今日一日がどのような一日であったかを自分自身に素早く伝えることだ。そして、自分のストーリーが書く価値があるとわかっているからこそ、自分自身を選ぶということだ。

何年もジャーナルを書き続け、LJ メソッドを使っているうちに、本当の自分についてジャーナルを書くのが簡単になったことに気づいた。私は以前、日記を数ページに渡る特集記事のように書いていた。今、私は 1 日に 3 本の矢を放とうが 10 本の矢を放とうが幸せだ。私がどれだけ多くの考えを書いたかということではない。むしろ、自分自身のために姿を現したという事実についてだ。

自分自身を選ぶことが重要なのは、そうすることで自分が評価され、愛されていると感じられるからだ。自分を選ぶとき、自己愛と自己受容を経験する機会が与えられる。毎日日記を書くことで、自分の潜在能力を引き出すことができる。そして、そのページに自分がいることに気づけば、自分の好きなこと、大切にしていること、大切にしていることをもっとするのが楽しみになるはずだ。自己愛は、夢や目標に到達するための鍵である。

ジャーナリングは始まりに過ぎない。ひとりで過ごす時間を選ぶ。自分自身を優先することを選択する。成長を中心としたマインドセットを持つことを選択する。日々向上することを選択する

自分を選び、人生をシンプルにする。私のジャーナリング・メソッドで、あなたを新たな始まりとさらなる高みへと導こう。

自分を許す方法

僕　前に進むためには、まず自分を許す必要がある。自分自身を許すことがいかに難しいことであったかは、他の本でも紹介した。ルーカス・ジャーナリング・メソッド（LJ メソッド）は、私がそうするのを助けてくれた。

まず最初にしたことは、姿を現すことだった。日記を書くことは毎日の習慣だったので、どんなに忙しくても日記を書く時間を確保するようにした。

そのために高級なノートは使わなかった。その代わりに、書店や事務用品店で手に入るノートを選んだ。ゲルペンも使った。私は、高級なノートを無駄にすることに恐れを感じず、本当に書く気にさせてくれるノートを使っていた。また、紙の上を滑るようなペンを好んだ。思考の流れを模倣するためだ。

第二段階は、自分のミスを後ろ向きの矢印←で表すこと。これは主に、ミスが私を後退させ、文字通り足かせになっていることを認識するための視覚的表現だった。この後ろ向きの矢印の横に自分のミスを書き込む。そして、もしこれが私の幸せと満足の方向へ私を連れて行くのであれば、私は自分の決意を前進の矢印の形で書く。悲しみの場合のように、解決策にほろ苦さを感じる場合は、二重矢印↔で表す。悲しみは一生続くもので、それは私を悲しませるが、私は自分の人生を歩んでいる。一番大事なのは、前に進もうと決意していることだ。

それは私の過ちについてではなく、むしろ私の正直さと過ちを正す決意についてなのだ。失敗から学ぶことも重要なので、教訓と学ぶためのプロセスを矢印で表しています。自分に正直になった後、私は自分がしてきたすべてのことから学ぶ。私は、これが自分の成長と人間としての成長に向けた正しい方向性だと信じている。これによって、日記を書いたり、自分自身に取り組んだりすることは、本当に価値のあることなんだ。

私は、自己受容は自己成長に不可欠な要素だと信じている。日記を書く方法は、自分を許すための小さな一歩を踏み出すのに役立っている。自分の過ちと決意を矢印で表すことで、前に進むことは視覚的にシンプルなことだと自分に思わせていた。目の前に見えるプロセスがあれば、複雑ではない。そして、自分を許すプロセスをしているとき、私はありのままの自分を受け入れている。それによって私は成長し、より良い人間になることができる。

私にはまだ長い道のりがある。私は毎日日記を書いている。私は自分のために現れている。LJMethod が、ビジュアルバランシングがあなたの許しのプロセスを単純化し、あなたが見て、従って、実行できる式にすることを理解する助けになることを願っています。前進するために必要なものはすべて揃っている。自分を積極的に許すために必要なことをするだけだ。

自分の価値観を貫くには

僕 私は人生の中で多くの困難に直面し、自分の主義や価値観を見直す必要に迫られてきた。しかし、私は自分の信念を貫くことを選んだ。この習慣のおかげで、何があっても自分の価値観を貫くことができる。

私生活では、自分ではどうすることもできない葛藤を経験し、物足りなさを感じていた。それぞれのフラストレーションを後ろ向きの矢印←で表し、改善するためのアクションをいくつか配置した。私はすべての向上への決意を前進の矢印で表した。そして、当時はまだ自分の葛藤に戸惑っていたので、すべての疑問の気持ちを二重矢印↔で表現した。私にとっては、混乱の思いは二重の矢だ。そうすることで、自分の経験やそれに対する感情を分解することができた。結局、一部の人々は私に意地悪なだけで、私は永遠に未完成なのだと悟った。敵に対処するために、私は自分自身に集中することを選んだ。私は正しい姿勢と考え方を持つことに努めた。毎日、強いと感じられるようにトレーニングした。私はこのような自己啓発本を書いた。そして私は、私の前向きな思考と人生の方向性を示す矢印を思い浮かべた。

人生は決して完璧ではないが、自分の価値観を貫くことで、対立する中でより大きな人間になる機会を与えてくれた。悲しみを完全に消し去ろうとするのではなく、生涯の旅路として立ち向かった。私は変化を歓迎したが、自分にとって大切なものを見失うことはなかった。そして、自分の核となる信念に妥協することなく、柔軟に対応することを学んだ。

私はまた、ルーカス・ジャーナリング・メソッド（LJ メソッド）を使って毎日ジャーナルを書くことにした。ビジュアル・バランシング・テクニックのおかげで、自分の価値観が一目でわかるようになったし、人生における自分の価値観を見極めるたびに、自分の思考プロセスもわかるようになった。忙しいスケジュールの合間を縫って自分の状態をチェックするのに便利だった。また、役に立つコンテンツを書いたり、自分が支援する活動にボランティアとして参加するなど、人の役に立つ機会を探している。価値観とは、たとえ私が完璧な人間にはほど遠いとしても、私をより良い人間にしてくれるかけがえのない原則である。私の旅で最も重要なのは、常に学び、向上しようとする姿勢だ。

常に悪い日があることは分かっている。自分の力ではどうにもならない状況もあるだろう。大きな人間になるのが難しい時もあるだろう。でも、私は自分の価値観をよく知っているし、毎日それを貫くことを選んでいる。そして、信念と努力、そして自己認識があれば、私は直面する困難を乗り越えていけると確信している。

自分の価値観にこだわり、それを教えてくれる矢を通して、その価値観について日記を書く。自分の進むべき方向に向かわせるものに集中すれば、あなたの人生は向上し続けるだろう。

自分を信じる方法

「ルーカス・ジャーナリング・メソッド、またはLJ メソッドを作成する一つの利点は、自分自身を信じていたことです。自己を疑う年月の後、自己妨害的な痛みの瞬間に対するシンプルな解決策をついに見つけました。私は心理学者ではありませんが、私のジャーナリングメソッドの効果を証言できます。ジャーナリングを通じて私の痛みと感情の旅のパターンに従うことができました。そして、これがあなたが自己を信じる手助けにもなると信じています。」

LJ メソッドの効果の秘密は、ビジュアルバランスの要素にある。私がこのメソッドで使っている矢印は、あなたの行動パターンを素早く示してくれる。この方法が効果的であるためには、日記を書くときはいつでも完全に正直でオープンでなければならない。困難なことも含めて、その日に起こったことをすべて書き出す。幸せな瞬間や感情を前方の矢印→で、悲しい瞬間や感情を後方の矢印←で、喜びと悲しみの両方がある感情や瞬間を二重矢印↔で表す。そして、そのエントリーを読んで、うれしい、悲しい、腹が立つ、落ち込む、あるいはうれしいと悲しいの両方を感じる理由を書き出す。その日の日記を書いたら、他の日記をチェックする。前進の矢印が後進の矢印に比べて多かったか？後ろ向きの矢印のうち、繰り返し出ているのはどれですか？二の矢はどうですか、どうすれば順矢にできますか？常に矢印の方向に進んでいるか？これらの質問には、別の仕訳で答えることができる。

さて、エントリーを見てみよう。多くの困難を克服できたことが一目でわかるだろう。あなたは日常生活に喜びを見出すことができた。あなたには賢明な決断を下す能力がある。自分を許すことができる。あなたは困難な状況や感情のジェットコースターを処理することができた。自分の強さに感謝する時間を持とう。さあ、自分を信じることを勧めるよ。自分を信じること。あなたはここまで来た。

ジャーナリングを習慣化し、LJMethod に導かれるままに、自分を信じてみましょう。最初は簡単ではないと思いますが、私の方法を使って毎日ジャーナルを書けば、心が落ち着き、楽になります。寝る前に LJ メソッドを実践するのが楽しい。その日の感情や瞬間をすでに処理したことがわかっているからだ。

矢は嘘をつかない。あなたは正しいことをたくさんしてきた。あなたは自分の感情を処理することができた。あなたは挫折を乗り越えることができた。あなたは困難をチャンスに変えた。自分を信じるべきなのだから。あなたにはその価値がある。

そして自分を信じられなくなったら、いつでも過去の日記を読めばいい。貴重な教訓を学び、自分自身を前進させた時に勇気を見出す。あなたの技術、能力、そして根性があったからこそ成功したのだ。

君ならできる。君ならできる。ただ、自分自身を信じることだ。

優先順位の付け方

「ジャーナリングは私を何年も前進させるのに役立ちました。安全な場所で書くことは、人生の困難や挑戦に立ち向かうのを助けました。私はジャーナルに心を吐き出した後、軽く感じ、それが何年もの間私を癒すのに役立ってうれしいです。そのため、私はルーカス・ジャーナリング・メソッド、または LJ メソッドを考案しました。それは書くプロセスを合理化し、忙しいスケジュールにもかかわらず前進を優先するのに役立ちました。」

LJ メソッドのビジュアルバランシング原理は、私のネガティブな思考や感情を一目で処理することを容易にしてくれる。後ろ向きの矢印が見えたら、前向きの矢印をチェックする。また、二重矢印↔もチェックしている。人生には嬉しいことも悲しいこともある。自分の行動パターンを矢印で表すことで、ネガティブな感情をより効果的にコントロールできるようになった。よりよく前進するために、自分を助ける方法を知っている。そして、前進する矢印と私を前進させてくれるものに自分自身を固定することで、私は自分の情熱を追求しながら人生が続いていくことを知っている。私は正しい方向に進むことを選ぶ。

悲しい思い出に浸るのは、前に進む助けにならないからだ。私はそこから学べる貴重な教訓があることを知っているので、日記を使ってそれを書き留めている。また、短期間で学べるワークショップやウェビナーを受講することで、自分自身を向上させる方法も考えている。また、私は生涯読書家で、いつも本か電子書籍リーダーを持っている。学ぶことは前進するための最良の方法であり、長い目で見れば自分のためになる豊かな経験でもあると信じている。

今、私の一番の目標はこの本を出版することだ。私は、ジャーナリングはまだ過小評価されている習慣だと信じている。私は、ペンと紙を使って自分の考えを吐き出すことの変容力を目の当たりにしてきた。LJ メソッドを実践したことで、私の人生がどのように変わったかを目の当たりにした。そして、私たちは皆何かを経験しているのだから、私のジャーナリングは人生を変え、多くの人の人格形成に役立つと信じている。

前進するためには、目標に集中しなければならない。目標を実行可能な塊に分解する。前進の矢印を書き出し、勝利を祝う。後ろ向き矢印←を書き出し、改善策を考える。次に、二重矢印

↔を書き出し、それがどのように前進の方向に変わるかを確認する。

落ち込んだときはいつでも、過去の日記を読んでみよう。その矢印を見て、あなたの前進する矢印からインスピレーションを受けてください。あなたは常に有能なファイターだった。善戦を続ける。あなたは前進できる！

夢を実現する書き方

僕 作家として駆け出しの頃を今でも覚えている。以前はあらゆる出版物に作品を投稿していた。何度も断られて、悔しかった。この悔しさをバネに、私は文章を上達させ、より強いバックボーンを築いた。私はライティング・ワークショップに参加し、作品を投稿し続けた。いつの間にか、私の作品は出版社に認められるようになっていた。今回で 13 冊目の出版となるが、私の夢はすでに叶ったと言える。

自分自身に取り組むのは、自分の文章を改善する必要があると認めたときから始まった。出版作家になりたくて、毎日練習した。ジャーナリングは、自分の気持ちを紙に吐き出しながら、自分の声を見つけることができたからだ。そして、アンソロジーに寄稿し、自分の本を出版できるようになったとき、私はまだ自分のジャーナリングプロセスを改善できることに気づいた。ルーカス・ジャーナリング・メソッド（LJ メソッド）が誕生したのはこの時期だった。

夢を書くためには、そもそも自分の夢が何なのかを知る必要があった。私はそれぞれの夢を矢印の横に書き記した。そして、すべての挫折を後ろ向き矢印←の横に書き出した。そして、二重矢印↔の横に、私のニーズに合ったトレーニングや執筆の機会をすべてリストアップした。学ぶ機会は、私にとって嬉しい瞬間でもあり、悲しい瞬間でもあった！悲しいのは、過去に拒絶されたトラウマがあり、それを克服する必要があったことだ。私はまだ未熟で、キャリアの初期に経験した拒絶反応が、自分の技術を磨く原動力になっていることを認めなければならない。そこで私は、自分の矢をすべて揃え、目標に向かって行動を起こした。

私はこのプロセスを繰り返し、書くことを止めず、自分の技術を応用した。2021 年に初めて本を出版し、2022 年に初めて執筆賞を受賞し、2023 年にこの本を出版するまで、私はこれを続けた。まだ書くべき作品ややるべきことがあるので、この作業を続けている。私はまだ自分自身に取り組んでいるし、まだ叶えたい夢がある。ただひとつ違うのは、夢を実現するために行動を起こすことで、夢を目標だと思うようになったことだ。

夢について書くときは、自分に正直に。日記は夢を視覚化するための安全な空間であることを忘れないでください。誰もあなたのエントリーを読むことはないし、あなたが大きな夢を持っていることを批判することもない。次に、それを実現する方法を見つけなければならない。スキルアップのためにレッスンを受ける必要があるなら、そうすればいい。あなたを助け、導いてくれる専門家に助けを求めることを恐れてはならない。信頼できる友人に相談し、率直なアドバイスを求める。結局のところ、これはあなたの夢だということを心に留めておいてほしい。もし誰も助けてくれず、サポートしてくれないのであれば、自分が一番のファンでありサポーターになる覚悟を持て。私は作家として駆け出しの頃、多くのサポートを得られなかったので、このことを身をもって知っている。人々が注目し始めたのは、私がすでに出版されていた時だった。すでに目標を達成している人に話しかけたくなるのは人間の性だ。個人的に受け取らないでほしい。ただ大きな夢を描き、日記を書き、仕事をする。君ならできる！

夢の実現」とは、すでにすべての目標を達成した一瞬のことではない。そうではなく、自分が何を望んでいるかを知り、自分自身に取り組み、努力するプロセスなのだ。旅を当たり前だと思わず、そのプロセスを信じること。あなたの前方への矢印に導かれ、あなたがいつも望んでいた人生を歩んでください！

意図を持ってジャーナルを書く方法

「ジャーナリングは私にとって命を救う儀式となりました。私は自分の困難について他の人と話す勇気がなかった日々もありましたが、ジャーナルには自分に声を与えることができました。毎日書くという習慣と規律から、意図を持ってジャーナリングする方法を学びました。それは私の成長に役立ち、将来的にはあなたにも利益をもたらすことでしょう。」

書く時間を確保することから始める。私は日記に集中したいので、映画を見たり音楽を聴きながら書くことはしない。十分な光が差し込む快適な執筆姿勢になったら、私は自分の感情を紙に書き出す。自分のために書いているのだから。自分の日記は自分だけの安全な空間だからだ。私の文章を批評してくれる人はいない。私は自分自身の癒しと自己成長のために意図的に書いている。

ジャーナリングが毎日の習慣になる前は、ジャーナリングは人生でやりたいことが決まっている人の趣味だと思っていた。自分が人生で何をしたいのか、完全に分かっている人などいないのだから。この世界には実に多くの道があり、ジャーナリングは単に旅をよりハートフルで意図的なものにするための方法なのだ。特に視覚的なバランスを取る要素で、あなたが進みたい方向について導いてくれる。日記に書かれた自分の矢印を見ると、目標や克服できた苦難、自分を成長させてくれた試練を思い出す。意図的な人生を送るための指針として活用してください。あなた自身の言葉があなたの羅針盤となり、あなた自身の経験があなたの師となる。

何を書けばいいのかわからない場合は、単に書きたいと思うことから始めよう。矢印の横に自分の気持ちを書き留めたいという気持ちが、日記を書き始めるきっかけになるだろう。ルーカス・ジャーナリング・メソッド（LJ メソッド）は、書くことを効率化するために矢印を使うことを覚えておいてほしい。毎日書く習慣を身につけるために、この方法を使おう。日記の長さは関係ない。そうではなく、書くという経験や、日記を書く習慣が生み出す価値が、あなたの文章に影響を与えるのだ。

行き詰まりを感じても、執筆を前進させる方法は必ずある。何があっても書くという意思を持つこと。自分に正直に書く勇気を持つこと。何かを経験しているからこそ、書くことが難しいと感じることもあるだろう。その経験を矢で表現し、書くことで処理する。自分が本当に感じていることを書くのはこんなに簡単なのかと、自分でも驚くかもしれない。

意図的な書き手であることは、書きたいという願望と決意から始まる。LJMethod で自分なりのジャーナリング習慣を作り、書き手としてだけでなく、より充実した人間として成長する自分を見てみよう。

後ろ向きな矢とどう付き合うか

僕 ジャーナリングは困難を克服するためのツールとして使ってきた。私の人生は決して完璧ではないし、誰もがそうであるように、私にもそれなりの問題や挫折がある。ルーカス・ジャーナリング・メソッド（LJ メソッド）は、私の問題を解決可能な塊に分解する機会を与えてくれた。私は一貫して日記を書き、挫折をチャンスに変えるために必要なステップを踏むことで、挫折とともに生きることを学んだ。

私の最大の挑戦のひとつは、悲しみとともに生きることだった。私は何年もの間、何人かの愛する人を失ってきたが、悲しみは一時的なものだと思っていた。悲しみは一生続くものだと、私は本から学びました。私の日記では、悲しみを二重矢印↔で表している。愛する人が恋しいと思う一方で、彼らがもう苦しんでいないことを嬉しくも思うからだ。悲しみとともに、愛する人の死に関連する仕事、無神経な人からの好ましくないコメント、自分が孤独であるという事実など、いくつかの後ろ向きの矢がやってくる。日記に書き出したら、前向きな思考を表す矢印→をつけた。悲嘆に暮れている間に起こった最高の出来事のいくつかは、ケアパッケージを受け取ったこと、ストリートチルドレンに奉仕するボランティアをしたこと、本を読み終えたこと、体を鍛えたことだ。これらのことが私を支え、そして今も支え続けている。

圧倒されそうになったら、ただ日記を書く。たいていの場合、圧倒感はその原因を分解することで解決できる。後ろ向きの矢印←の横に自分の問題を書き出すと、それが単に自分の進むべき方向であることに気づかされる。しかし、この方向性をいつまでも貫くとは限らない。だから矢印があるんだ。目的地に向かって自分を導いていくのは自分次第だが、途中で何度か挫折しなければ到達できないことは分かっている。

毎日、後ろ向きの矢印←を書くことで、困難は一時的な状況であることを理解する訓練になった。最も重要なのは、自分の技術と根性でそれを克服していることだ。挫折を、創造性を発揮し、既成概念にとらわれない発想をする機会に変えられるかどうかは、私次第なのだ。そしてもちろん、助けを求めることは決して悪いことではない。さまざまなアプローチを試すために新しいことを学ぶのに、遅すぎるということはない。そして、私が日記を書くたびに新しい矢と新鮮な視点で始めるのと同じように、また始めることは決して間違いではない。

あなたが経験していることが何であれ、すでに利用可能な解決策によって解決できることを願っている。私は、ジャーナリングがあなたを目標へと導き、夢を実現できることを知っている。後ろ向きの矢印←は誰の生活の一部でもある。貴重な教訓を学び、さらに助けが必要な場合は、適切な人々に連絡を取るためにそれらを利用する。君ならできる！

ジャーナリングで方向性を変える方法

「課題を乗り越える方法はたくさんあります。私のお気に入りの方法はジャーナリングです、なぜならそれによってすぐに自分自身を助けることができるからです。ジャーナリング中に他人を喜ばせる必要はありません。なぜなら、それはあなた自身のためだけだからです。自分の気持ちを吐き出す際には、自分以外のテーマはありません。そして、自分自身に完全に正直でないとできない他の方法はありません。」

ジャーナルを始めたばかりの頃は、自分が恥ずかしくなるのではないかと怖かった。当時はいろいろなことがあったが、それは悪いことではないと気づいた。困難を乗り越えることは特別なことではない。誰もがそれぞれの困難を経験している。人生の一部なのだから。どの方向に進むべきかは自分次第だ。

ルーカス・ジャーナリング・メソッド（LJ メソッド）は、私のビジュアル・バランス・テクニックによって、あなたの方向性を変える手助けをします。矢印で気持ちを表すので、自分がどうなっているかすぐにわかる。進路を変更する必要がある場合は、二重矢印↔と前進矢印→を書き込むだけでいい。覚えておいてほしいのは、私たちの多くは視覚的な人間だということだ。私たちは見たり読んだりすることで情報を学び、吸収する。後ろ向きの矢印←が連続して見えたら、方向転換を選択できることを忘れてはならない。方向性をより良いものに変えることができるよう、さまざまな矢印を書き留めるのは私たち次第だ。

私たちは皆、自分の方向性を選ぶ自由を持っている。私たちは自分で決めることができる。ジャーナリングと LJ メソッドは、あなたを助け導いてくれるツールにすぎない。結局のところ、あなたの人生はまだあなたの旅路であり、それを管理しているのはあなた自身なのだ。

自分の人生に何か変化が必要だと感じたら、矢印→の横にできることを書き出すことから始めよう。このプロセスで最も重要なのは、これらの変化を実現するために必要なステップを踏み、その実現にコミットすることである。そのためにできる小さなステップがある。小さく始めても影響は大きい。あとはやってみるだけだ。

LJMethod を実践し続けると、自分自身が説明責任を果たすパートナーになっていることに気づいた。私は自分自身の変化を起こすことに興奮し、それを日記に書き留めたからだ。手書きで計画を書き留めることには、何か不思議な力がある。目標を達成するための集中力とモチベーションが高まる。また、自分の日記を何度も読み返すことで、自分自身にコミットすることができる。あなたの旅は日記に記録され、あなたが書いた矢印があなたの方向を示す。あなた方の努力が、こうした計画を実現させている。あなたは自分のためにこれを実現している。そして自分を誇りに思うべきだ。

ジャーナリングを通じて自分の方向性を変えることができる。変わるのに遅すぎるということはないし、努力に無駄はない。続けてくれ！

いかにして勝利し、前進し続けるか

「この章を書いている間、私はコーヒーを飲みながら外の雨音を楽しんでいます。私は自分の好きなことをすることができて幸せです。例えば、出版作家であることがその一つです。また、仕事を終えた後に映画を観たり、本を読んだりすることも楽しんでいます。これらの小さな成功は、私の仕事に対する献身心と目標への意識がなければ実現しなかったでしょう。ジャーナリングは私が目標に集中し続けるのに役立ち、その目標を努力と根気を持って実現しました。」

ジャーナリングは、目標を達成するための単なるツールであることを忘れないでください。それでも懸命に働き、ミスをする必要がある。目標を達成するために時間を配分する必要がある。犠牲を払う必要があるし、人生の中で人を手放さなければならない。また、仕事をより簡単で管理しやすくするために、ルーチンを確立することも重要である。最後に、常に軌道に乗り続ける必要がある。道を見失いそうになったら、自分には方向転換する能力があることを常に思い出してほしい。

ルーカス・ジャーナリング・メソッド（LJ メソッド）は、私がどこへ向かっているのか、そしてどこから来たのかを毎日思い出させてくれる。前進することの重要性は、私のビジュアル・バランス・テクニックの要である矢印によって強調されている。自分の人生の責任は自分にある。人生は紆余曲折に満ちており、変化は避けられない。あなたの日記は、あなたが人生をナビゲートする際のガイドブックとなる。目標を達成しても、自分はまだ未完成であることを忘れないでほしい。あなたの成功は、あなたが自分自身と夢をあきらめなかったからこそ可能になったのです。

あなたの矢が、これからも正しい方向へと導いてくれることを願っている。これからも謙虚に頑張ってほしい。そして、地に足をつけながら星に手を伸ばし、夢を実現するために書き続けることができますように。

前進し続けること！

著者について

サマンサ・ゲイル・B・ルーカス

サマンサ・ゲイル・B・ルーカスは 2017 年 5 月から自身のウェブサイト（*www. speakoutsam. com*）でブログを書いている。それ以来、彼女はいくつかの会議やワークショップに参加し、ウェブサイトを通じてネットワーキングの機会を得ている。彼女は定期的に、地元で見つけたお気に入りのもの、食の冒険、慈善活動、メディアとのパートナーシップなどを紹介している。アジア太平洋大学人文学部卒業。ルーカス・ジャーナリング・メソッド』は彼女の 13 冊目の著書である。現在はフィリピンのケソン市在住。

www.ingramcontent.com/pod-product-compliance
Lightning Source LLC
LaVergne TN
LVHW041633070526
838199LV00052B/3338
* 9 7 8 9 3 5 9 2 0 9 5 4 8 *